ROSA BLANCA

Este libro ha sido distinguido con los siguientes premios:

Manzana de Oro de la Bienal de Bratislava
(Checolosvaquia, 1985)

American Library Association's 1986 Mildred L. Batchelder Award
(EE.UU., 1986)

Mención Especial del Jurado del Premio Gráfico de la «Fiera di Bologna»
(Italia, 1986)

Premio de la Paz Gustav Heinemann para Libros Infantiles y Juveniles
(Alemania, 1987)

Primera edición: diciembre 1987

Diseño artístico de Etienne Delessert

ISBN: 84-85334-52-3
Depósito legal: S. 780-1987
Printed in Spain
Gráficas Ortega, S.A. Salamanca

ROBERTO ◆ **ROSA BLANCA** ◆ INNOCENTI

Idea y acuarelas de Roberto Innocenti

Texto de Christophe Gallaz

Versión castellana de Maribel G. Martínez

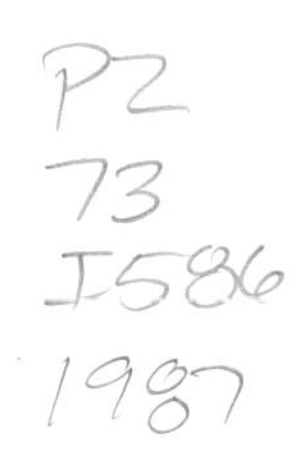

Rosa Blanca vivía en una pequeña ciudad de Alemania.
Sus calles eran estrechas, con fuentes antiguas y casas altas, sobre cuyos tejados iban a posarse las palomas.
Un día, aparecieron los primeros camiones y muchos hombres se subieron a ellos. Llevaban uniformes y saludaban.
El alcalde Schroeder pronunció un discurso. Por todas partes colgaban banderas de colores y los niños saludaban.

Por delante de las ventanas de la escuela, pasaron muchos camiones. En ellos iban soldados que nunca habían estado en la ciudad. Sus caras eran risueñas.

Después llegaron tanques. Sus cadenas hacían brotar chispas de los adoquines, metían mucho ruido y olían a grasa.

A veces daba la impresión de que nada había cambiado, pero, cada mañana, la madre le advertía a Rosa Blanca que tuviera cuidado al cruzar la calle. Los camiones de los soldados tenían prisa.

A Rosa Blanca le gustaba pasear a la orilla del río. Observaba las ramas que arrastraba la corriente y los viejos juguetes rotos que, a veces, flotaban en el agua. Le gustaba el color del río y ver el cielo en él.

Cada vez venían más camiones. Los niños se quedaban a la entrada de sus casas para verlos pasar. Sin embargo, no se sabía a dónde iban. Se creía que al otro lado del río y que volvían vacíos.

Un día, un camión se quedó parado.
Los soldados tuvieron que arreglar el motor.
De pronto, un niño saltó del camión e intentó escapar.
Pero el alcalde Schroeder estaba allí, en medio de la calle.

Agarró al niño por los hombros y lo arrastró hacia el camión. El alcalde sonrió amistosamente a los soldados, que le dieron las gracias.

Los soldados llevaron al niño de nuevo al camión, subieron y continuaron el viaje. Un hombre de uniforme negro invitó al alcalde Schroeder a subir en su coche. Todo había sucedido muy rápido.

Rosa Blanca quería saber dónde llevaban los soldados al niño. Siguió a los camiones. Había mucha gente en la calle, como cualquier día después de la escuela. Los niños jugaban, había gente en bicicleta y campesinos en tractores. Pero Rosa Blanca no se fijaba en la gente y nadie vio cómo ella seguía al camión por la acera.

Tuvo que andar mucho. Salió de la ciudad.
Atravesando los campos, llegó a un bosque.
El cielo estaba gris, el paisaje helado.
A veces, echaba a correr.

Siguió las huellas de las ruedas en el bosque y llegó a un claro.

Se detuvo delante de una alambrada eléctrica. Detrás había niños, inmóviles como muñecos. Rosa Blanca no conocía a ninguno. Un niño muy pequeño dijo que tenía hambre.

Rosa Blanca tenía todavía el resto de un bocadillo. Con cuidado, lo pasó por entre la alambrada. El sol se ocultaba tras las colinas. Hacía viento. Rosa Blanca sintió frío.

Pasaron semanas. Fue un frío, pálido invierno. La madre de Rosa Blanca se asombraba del apetito de su hija, que llevaba a la escuela más de lo que podía comer en casa: bocadillos, mermelada y manzanas.

Sin embargo, Rosa Blanca estaba cada vez más delgada. Entre toda la gente de la ciudad, el único que seguía estando gordo era el alcalde Schroeder, que continuaba pronunciando largos discursos. Pero la gente ya no era tan amable y, desconfiados, se vigilaban unos a otros.

Rosa Blanca ocultaba la comida en la cartera del colegio y tenía mucha prisa al salir de la escuela.

Ahora ya conocía el camino de memoria. En los barracones de madera, tras la alambrada, había cada vez más niños. Su aspecto era cada vez más demacrado y hambriento. Muchos de ellos, sobre la ropa, llevaban una estrella.

Cuando empezó a derretirse la nieve y los caminos se llenaron de fango, volvieron a pasar por la ciudad muchos camiones. Casi siempre circulaban de noche y esta vez en el otro sentido: se alejaban del río. No llevaban luces y nunca se paraban. Los soldados parecían muy cansados.

De pronto, una mañana, toda la ciudad se puso en movimiento. La gente había empaquetado cuanto podía llevarse. El alcalde Schroeder ya no hacía discursos, tampoco llevaba uniforme. Tenía prisa.

También había soldados entre la gente. Nadie parecía fijarse en ellos. Muchos cojeaban y estaban heridos. Pedían agua.

Ese día desapareció Rosa Blanca. Había ido de nuevo al bosque.

En la niebla, era difícil encontrar el camino. Rosa Blanca saltaba por encima de los charcos para no manchar sus zapatos. En medio del bosque, el claro había cambiado. Los barracones de madera habían desaparecido y estaba destruida la alambrada. Rosa Blanca dejó caer el bolso con la comida. Se quedó quieta, en silencio.

Se movieron sombras entre los árboles. Eran soldados. Apenas se los distinguía. Para ellos, el enemigo estaba en todas partes. De pronto, sonó un disparo.

En ese momento, otros soldados llegaban a la ciudad. Sus camiones y sus tanques olían igual y hacían el mismo ruido, pero sus uniformes eran de un color diferente y hablaban en un idioma desconocido. Con los soldados regresaron personas que habían desaparecido de la ciudad años atrás.

NDERER !

La madre de Rosa Blanca esperó mucho tiempo a su pequeña hija. En el bosque, los árboles comenzaron a retoñar, las flores se abrían en el claro y, poco a poco, ocultaron los restos de la alambrada.

Había llegado la primavera.